LES DEUX

GRISÉLIDIS.

LES DEUX

GRISÉLIDIS,

HISTOIRES

Traduites de l'anglois, l'une de CHAUCER,
et l'autre de M.lle EDGEWORTH.

TOME PREMIER.

PARIS,

A la Librairie Française et Etrangère de GALIGNANI, rue
Vivienne, n.º 17, et au Salon littéraire, même adresse.

IMPRIMERIE DE J. B. SAJOU,
Rue de la Harpe, n.º 11.

1813.

AVERTISSEMENT.

L'HISTOIRE de Grisélidis a exercé la plume d'un grand nombre d'écrivains. Les conteurs, les poètes dramatiques ont peint tour-à-tour les tribulations et le triomphe de cette femme célèbre qui, de nos jours encore, a inspiré si heureusement un des musiciens les plus distingués de l'école d'Italie. Cependant l'authenticité et la date de son existence sont un pro-

1.

blême qu'il n'a pas été donné à nos savans de résoudre. A quelle époque, en effet, assigner raisonnablement l'apparition d'une héroïne qui se soumet aux volontés, aux caprices, aux tyrannies de son époux, qui pousse l'obéissance jusqu'à la résignation, d'épouse devient esclave, et voit, sans se permettre un murmure, les doux plaisirs de la maternité se changer en un long martyre? N'est-ce pas vouloir contrarier toute vraisemblance que de soutenir la possibilité d'un pareil phénomène? Ne doit-on pas en attribuer la création à l'une de ces imaginations poétiques pour qui le possible devient le vrai, et qui exagèrent sans scrupule des préceptes toujours réduits à leur juste valeur par l'imperfection et la fragilité des êtres condamnés à les mettre en pratique.

Quelles que soient l'origine, la vérité ou la vraisemblance de l'histoire des Grisélidis, il paroît que son exemple a été jugé digne d'être propagé par les auteurs les plus illustres. Bocace, qui fait raconter dix fois dix contes à ses Florentins, pour abréger le temps d'une peste qui désoloit l'Italie, lui a donné dans son Décaméron une place remarquable. Elle est en effet la dernière de ce recueil, qu'elle termine d'une manière édifiante, et qu'elle semble absoudre de quelques légèretés que lui reprochent ceux qui ne pardonnent pas tout en faveur d'une belle diction.

Pétrarque qui, s'il faut en croire ses sonnets, n'avoit pas rencontré dans sa Laure une Grisélidis, fut si frappé de la beauté de ce caractère, qu'ayant reçu de la part de son ami Bocace une copie de cette nouvelle, il s'empressa de la traduire en latin; lui qui, dit-il, ne se seroit pas abaissé volontiers jusqu'à traduire les ouvrages de qui que ce fût.

Nous offrons aujourd'hui au public l'histoire de deux Grisélidis, bien différentes entre elles.

I.   1*

L'une vivoit (à ce que l'on
présume) vers le onzième siécle,
dans le marquisat de Saluces;
l'autre vivoit, et vit peut - être
encore en Angleterre. Le caractère de cette dernière a été
observé et peint par une artiste
célèbre dans ce genre, par Mademoiselle Edgeworth.

Nous avons pensé que le rap-
prochement de la Grisélidis moderne et de celle des temps
antérieurs pourroit devenir pi-
quant, et nous avons emprunté
l'histoire de la plus ancienne à

Chaucer, patriarche de la poésie angloise. Nous ne croyons pas qu'on ait jamais rien traduit en français des œuvres de cet auteur dont le style vieilli n'est pas toujours intelligible pour les Anglois eux-mêmes. Une autre considération nous a fait préférer le récit de Chaucer à celui de Bocace; c'est que Mademoiselle Edgeworth, dans sa nouvelle, fait allusion à l'histoire de la Grisélidis ancienne; elle en cite même un morceau, et ce morceau est tiré de la nar-

ration de son compatriote Chaucer, rajeunie, à la vérité, par
un poète anglois aussi, nommé
Monsieur Ogle, dont le style
assez élégant est pourtant diffus,
si on le compare à celui de son
modèle.

Ceux des lecteurs français qui
sont familiarisés avec les productions de Mademoiselle Edgeworth, savent que ce qui la
distingue particulièrement de la
foule de ses rivaux et de ses ri-
vales, c'est le naturel, la finesse,
l'esprit d'observation qui l'ac-

compagnent toujours. On pourroit dire que le mérite principal de ses romans est d'être le
moins romanesques possible. Ce
sont des drames, de véritables
comédies, qui, privées du charme
de la représentation, compensent
ce désavantage par la facilité de
plus longs développemens qu'in-
terdit la nature et la sévérité
du genre théatral.

Si l'exposition d'un caractère,
si la peinture de ses nuances
opérée avec peu de moyens, et
à l'aide d'un fort petit nombre

d'acteurs , peut être regardée comme une grande difficulté vaincue , nous sommes persuadés que la traduction que nous offrons aujourd'hui au public ne peut que soutenir et même accroître la juste réputation de son auteur.

———————

GAUTHIER et GRISÉLIDIS,

Histoire traduite de l'anglois de CHAUCER.

PREMIÈRE PARTIE.

SUR le côté occidental de l'Italie, au pied du Vésule toujours glacé, s'étend une vaste et féconde plaine que couvrent au loin d'antiques et nombreuses habitations, entre lesquelles se distinguoit le noble château de Saluces.

C'étoit là que résidoit un Marquis, seigneur du territoire de ce nom; ses grands et ses petits vassaux respectoient en lui l'autorité qu'il tenoit de ses ancêtres. Redouté et chéri il menoit une vie heureuse au milieu de ses nobles et de ses paysans.

Aucun prince de la Lombardie n'auroit pu rivaliser avec lui par l'éclat de la naissance. Beau de sa personne, il unissoit la force à la jeunesse; il étoit aussi courtois que vaillant, et gouvernoit son pays avec sagesse. On ne pouvoit adresser qu'un seul reproche à Gauthier, car c'est ainsi qu'il se nommoit.

Livré tout entier au temps présent, il s'occupoit peu de l'avenir;

les divertissemens de la chasse faisoient toutes ses délices ; hélas ! quelles qu'en pussent être les conséquences, il n'avoit point encore pensé à se choisir une épouse.

Cette insouciance affligeoit profondément son peuple ; un jour ils se pressèrent en foule auprès de lui. L'un d'eux (c'étoit, sans doute, le plus sage ou celui que l'on croyoit le plus en faveur) fut chargé de présenter le vœu unanime, et d'en exposer de son mieux les motifs. Voici de quelle manière il parla à son seigneur :

« Noble Marquis ! votre humanité nous rassure et nous enhardit toutes les fois que nous avons quel-

ques peines à vous raconter. Que
votre seigneurie nous permette donc
d'exposer la plainte de nos cœurs,
et que votre oreille ne se ferme
pas à mes discours.

« Mon intérêt, dans cette circonstance, n'est pas autre que celui
de tous les assistans, mais vous
m'avez toujours honoré d'une si
douce bienveillance que j'ose plus
qu'un autre réclamer un moment votre attention ; ensuite,
Monseigneur, vous ferez droit à
notre requête selon votre bon
plaisir.

« Tout ce que vous avez jamais
fait et tout ce que vous faites,
nous comble d'une telle félicité que

nous n'en pourrions imaginer une
plus grande. . . . Mais s'il vous
plaisoit de prendre une compagne,
la tranquillité de votre peuple seroit pour jamais affermie.

« Courbez votre tête sous le joug
du mariage, sous ce joug qui n'a
rien d'humiliant pour votre sou-
veraineté. Considérez dans votre
sagesse que soit pendant le jour,
soit pendant la nuit, pendant le
travail ou pendant le repos, le temps
n'est pour nous qu'une inquiétude
continuelle.

« Aujourd'hui votre printemps
brille dans sa fleur; mais la vieillesse arrive en silence, et la mort
à qui rien n'échappe menace tous

les rangs, tous les âges. Chacun
sait qu'il doit mourir; personne
n'en connoît le moment.

« Vos volontés nous trouvèrent
toujours obéissans; écoutez donc
la proposition de vos loyaux ser-
viteurs : si vous vouliez, Monseigneur, nous vous choisirions sans
délais une épouse issue de parens
illustres et vertueuse qui puisse
vous faire honneur devant Dieu et
devant les hommes.

« Mettez un terme au souci qui
nous tourmente, nous vous en sup-
plions; car s'il arrivoit, ce dont
Dieu nous garde, qu'en vous s'é-
teignît votre race, et qu'un succes-
seur étranger s'emparât de vos do-

maines, la vie ne seroit plus pour nous qu'un fardeau. Hâtez - vous donc de rendre un tel malheur impossible. »

Leur humble prière, et leur contenance suppliante excitèrent la sensibilité du Marquis. « Mes chers sujets, dit-il, vous voulez me décider à un engagement auquel je n'avois point pensé jusqu'à ce jour. Cette liberté où je me complaisois se conserve rarement dans le mariage : changerai - je mon indépendance contre un servage éternel ?

« Cependant, la loyauté de vos intentions est manifeste; je me rends donc à vos raisons, et me voilà pour jamais décidé. Je consens à me marier le plutôt possible, et c'est volontairement que je m'y résous. Mais vous m'avez proposé de me choisir une épouse, je vous dispense de ce soin; ne vous en occupez nullement.

« Dieu, je le sais trop, ne permet pas toujours que les enfans ressemblent à leurs dignes ancêtres. Toute vertu vient de lui, et ce n'est pas un héritage que nous tenions de nos parens. Me reposant entièrement dans la bonté divine, je mets sous sa protection mon mariage, ma destinée et mon repos; qu'elle seule en dispose.

« Abandonnez-moi donc le choix

de ma compagne ; c'est un office
que je veux remplir en personne.
Mais quelque femme que je prenne,
engagez-vous sur votre vie à l'ho-
norer, en tout temps, en tout lieu,
par vos paroles et vos actions, comme
si elle étoit la fille d'un empereur.

« Jurez en outre de ne point
vous élever et de ne point murmurer contre mon choix. Je ne
sacrifie ma liberté que pour vous
complaire, et dussé-je périr mille
fois, ma main ne se donnera jamais
sans mon cœur. Vous connoissez
ma volonté, respectez-la où ne me
parlez plus de rien. »

Ces conditions furent générale-
ment accueillies, et chacun y sou-

scrivit de bon cœur ; mais, avant
de se retirer, on supplie le seigneur
de fixer le jour de ses noces à un
terme peu éloigné, car on n'étoit
pas encore bien sûr qu'il fût décidé à se marier.

Il se rendit à cette demande,
et détermina le jour où il célé-
breroit son mariage. Ses vassaux,
d'un air respectueux et soumis,
s'agenouillèrent, témoignèrent leur
reconnoissance et s'en retournèrent
pleins de joie d'avoir vu leur prière
exaucée.

Aussitôt, le Marquis ordonna à
ses officiers de préparer la fête, et
il confia à chacun des chevaliers
et des écuyers les fonctions aux-

quelles il étoit le plus propre.
Ainsi de toutes parts l'on s'empressa de contribuer à la pompe
d'une solennité si imposante.

———

DEUXIÈME PARTIE.

Non loin du magnifique palais où le Marquis préparoit ses noces, on voyoit un village agréablement situé, qu'habitoient de pauvres laboureurs, qui n'avoient pour subsister que leurs troupeaux et les productions des champs cultivés par leurs mains.

Parmi ces paysans vivoit un homme réputé pour sa rare vertu, car la grâce divine se plaît quelquefois à descendre sur la plus humble demeure; il s'appeloit Janicola, et Grisélidis, sa jeune fille, n'étoit pas dépourvue de beauté.

Mais la beauté plus précieuse de son ame la mettoit au dessus des femmes les plus célèbres par leurs attraits. L'éducation n'avoit fait qu'affermir la pureté de son coeur, dans lequel n'étoit jamais entré un désir répréhensible. Aussi sobre que laborieuse, après de pénibles travaux, elle alloit simplement étancher sa soif à la source prochaine.

Sous les traits de la tendre jeunesse, cette vierge cachoit une fermeté bien au dessus de son âge; respectueuse et soumise, elle veilloit sur son vieux père avec une attentive piété. Tout en gardant ses brebis, elle faisoit mouvoir un

fuseau, et le repos de la nuit pouvoit seul suspendre sa constante
activité.

Elle ne rentroit jamais dans sa
chaumière sans y rapporter les
fruits et les herbages qu'avoit
cueillis sa main, et qu'elle apprêtoit
pour le repas du soir; ensuite elle
disposoit la couche dure et gros-
sière où l'attendoit le paisible som-
meil. Mais, de tous les soins, le
plus cher à son cœur étoit de complaire à l'auteur de ses jours.

C'est sur cette pauvre fille que
le Marquis tournoit volontiers ses
regards, lorsque la chasse le diri-
geoit vers son habitation. Mais, s'il
l'apercevoit, il ne fixoit pas sur

elle un œil voluptueux; observa-
teur sévère, il cherchoit à démê-
ler dans ses traits les qualités de
son ame.

Il étoit frappé d'une force et
d'une certaine dignité précoces qui
régnoient sur toute sa personne; et
bien qu'il connût la difficulté de
porter un jugement certain d'après
de simples dehors, dans son admiration, il se disoit : si je prenois
jamais une femme, ce ne seroit
que Grisélidis.

Le jour de la noce arriva, mais
personne n'avoit encore deviné
quelle étoit la future. Les vassaux
de Gauthier, inquiets, se disoient
à l'oreille : notre seigneur sera

donc toujours insouciant ! il ne veut donc plus se marier. Hélas ! que de temps perdu ! voudroit-il se jouer de nous et de sa parole ?

Cependant le Marquis avoit commandé, pour sa future épouse, des bagues, des bracelets et des joyaux de toute espèce. Des vêtemens coupés sur une taille semblable à celle de Grisélidis étoient prêts, ainsi que toutes les parures convenables pour une si haute alliance.

Déja l'heure de midi approchoit, le palais étoit magnifiquement décoré ; chaque salle, chaque appartement étoit ouvert pour recevoir les convives ; des tables somptueuses offroient les mets les plus recherchés

et les productions les plus exquises
de toute l'Italie.

Enfin parut le Marquis, vêtu
en riche souverain, et entouré
des Dames, des Seigneurs qu'il avoit
invités à la fête, ainsi que de ses
propres chevaliers. Au bruit de
mille instrumens, il s'avança vers
le village où vivoit Janicola.

Dieu sait combien peu Grisélidis
soupçonnoit que ces préparatifs ne
fussent faits que pour elle; occupée
à puiser de l'eau à la fontaine
voisine, elle se dépêchoit de terminer sa tâche, car elle avoit en-
tendu parler de la solennité du
jour, et elle désiroit jouir de ce
spectacle s'il étoit possible.

Si le travail, se dit-elle, qui me
reste à faire à la maison est achevé
de bonne heure, je pourrai avec
mes compagnes me tenir devant
la porte pour voir la Marquise,
en cas que le cortège traverse
notre village pour rentrer au château.

Au moment où elle mettoit le
pied sur le seuil, le Marquis arriva
et l'appela par son nom; aussitôt
elle pose devant l'étable le vase
dont elle étoit chargée, se pré-
cipite à genoux, et d'un air respectueux attend les ordres de son seigneur.

Le Marquis, tout pensif, s'adresse
avec gravité à Grisélidis, et lui de-

mande où est son père? Seigneur,
il est chez lui, répond-elle de la voix
la plus humble, prêt à vous obéir,
et elle s'empresse d'aller avertir son
père.

Le Seigneur, saisissant la main
du vieillard, le prit à part et lui
dit : Janicola, je ne puis ni ne
veux te cacher plus longtemps le
désir de mon cœur. Si tu consens
à en courir tous les hasards, je
prends ta fille pour épouse, et nos
destinées seront à jamais unies.

Ton dévouement m'est connu;
ton inclination autant que ta naissance te rendent mon sujet, et tu
te réjouis de tout ce qui m'est
agréable; mais réponds-moi fran-

chement sur le point que je t'ai exposé; désires-tu de m'avoir pour gendre?

Frappé de cette proposition, le villageois rougit, ses membres tremblèrent, il ne put répondre que ces mots : Seigneur, votre volonté est la mienne; jamais je ne m'opposerai au contentement de mon souverain; décidez d'après votre sage autorité.

Alors le Marquis reprit avec douceur : eh bien ! je désire que tous trois nous ayons une conférence dans ta chambre, afin qu'en ta présence je demande à ta fille si elle veut m'accepter pour époux et pour maître. Je ne veux

pas qu'un seul mot se dise sans
que tu l'entendes.

Tandis qu'ils étoient réunis pour
traiter de cette affaire importante,
les gens de la cour se rapprochèrent
de l'entrée de la maison, et ad-
mirèrent l'ordre et la propreté que
Grisélidis entretenoit dans la demeure de son père; mais Grisélidis
étoit bien plus surprise encore,
jamais elle n'avoit vu un spectacle
si imposant.

Et comment n'eût-elle pas été
surprise en voyant le prince lui-
même dans une chaumière où aucun de ses suivans n'auroit daigné
entrer. Aussi la pâleur couvrit son
front; mais écoutons les paroles

qu'adressa le Marquis à cette vierge modeste.

« Apprenez, Grisélidis, que votre père et moi nous trouvons agréable que vous deveniez mon épouse; si, comme je le suppose, vous y consentiez, cette alliance seroit bientôt conclue. Mais, sans perdre de temps, je vais vous proposer mes conditions; répondez si elles vous agréent ou si elles vous répugnent.

« Vous vous soumettrez de bon cœur à toutes mes volontés, je ne consulterai que mon propre avis, soit qu'il vous plaise, soit qu'il vous contrarie; vous vous interdirez constamment jusqu'au moindre

murmure, et quand une fois j'au-
rai prononcé, vos paroles ni vos
traits n'exprimeront jamais le moindre mécontentement; jurez d'être
fidèle à ces lois, et je suis votre
époux. »

Dans l'étonnement et la frayeur
où l'avoit jetée ce discours, elle
répond : « Seigneur, je ne suis
pas digne de l'honneur dont vous
me comblez; mais puis-je vouloir
autre chose que ce que vous voulez. Je jure donc de ne jamais vous
désobéir ni d'intention ni de fait,
et de mourir plutôt, quelque chère
que me soit la vie. »

Cela suffit, dit-il, ma Grisélidis,
et d'un pas grave il sort avec elle

de la maison, il la présente à son peuple auquel il adresse ces mots : « Voilà mon épouse, honorez-la, aimez-la, je vous en prie, comme si c'étoit moi-même ; voilà tout ce que j'ai à vous dire. »

Et afin qu'elle n'apportât dans le palais rien de ce qui pourroit rappeler son premier état, il ordonna aux femmes de la cour de la dépouiller de ses anciens vêtemens. Leurs mains délicates ne se prêtèrent à ce grossier office qu'avec répugnance ; mais bientôt elles firent ressortir la beauté de cette villageoise par les plus brillans atours.

Ses cheveux, qui n'avoient jamais été formés en tresses, main-

tenant arrangés artistement sont
surmontés d'une riche couronne.
Sur sa robe brillent les ornemens
les plus variés. Mais pourquoi
peindre sa parure plus en détail?
Le peuple reconnut à peine Grisélidis quand il la vit paroître dans
ce pompeux appareil.

Le Marquis, après lui avoir
présenté l'anneau nuptial, la fit
monter sur un palefroi, plus blanc
que la neige, et marchant d'un
pas relevé. Aussitôt ils prennent le
chemin du palais, suivis de la
multitude; on accourt de toutes
parts à leur rencontre, et le jour
se passe en danses et en festins.

Le ciel se plut à verser tant de

faveurs sur la nouvelle Marquise,
qu'elle ne conserva rien de la rus-
ticité de son origine; on n'eût pas
dit qu'elle fût née sous le chaume,
au milieu des grossiers travaux,
mais qu'elle avoit vu le jour dans
le palais d'un empereur.

Chacun avoit pour elle tant d'a-
mour et de vénération, que ceux
même qui ne l'avoient jamais perdue
de vue depuis sa naissance n'en
pouvoient croire à leurs yeux,
et dans l'excès de leur admiration,
ils s'écrioient : est - ce bien là la
fille de notre bon Janicola ?

Aussi vertueuse qu'elle l'avoit
toujours été, elle avoit acquis de
nouvelles perfections. Rien n'étoit

plus doux que ses manières; affable, discrète, éloquente, elle gagnoit tous les cœurs; on ne pouvoit la voir sans l'aimer.

Non-seulement le pays de Saluces, mais tous les pays voisins retentissoient de ses louanges. La fidèle renommée en répandit l'éclat au point que jeunes et vieux accouroient en foule pour contempler la merveille du siècle.

Ainsi Gauthier, par une alliance disproportionnée mais honorable, avoit trouvé dans ses foyers le bonheur et la paix, et au dehors l'estime et la considération. Le peuple prisoit en lui cette sagacité rare qui lui avoit fait décou-

vrir la vertu sous le voile de la
pauvreté.

Les talens de Grisélidis ne se
bornoient pas toujours aux soins
domestiques de son palais; quand
la circonstance l'exigeoit, elle savoit s'occuper de l'intérêt général.
Il n'y avoit point de dissention
qu'elle n'apaisât, de ressentiment
qu'elle n'adoucît, de peine qu'elle
ne sût consoler.

En l'absence même de son époux,
si quelque querelle s'élevoit parmi
les nobles de la contrée, ses paroles
étoient tellement conciliantes, ses pro-
positions tellement équitables, qu'on
la croyoit descendue du Ciel pour
rétablir la paix parmi les hommes.

A peine un an s'étoit-il écoulé,
lorsque Grisélidis mit au monde
une fille. Sans doute le peuple eût
désiré un enfant d'un autre sexe;
cependant le Marquis en témoigna
de la satisfaction, et il fut imité
par ses vassaux; car bien qu'il eût
préféré un héritier, il ne désespéra
pas d'en avoir un, puisque son
épouse avoit donné des marques
de sa fécondité.

———————

TROISIÈME PARTIE.

L'ENFANT nouvellement né ne suçoit encore que depuis quelques mois le sein de sa nourrice, lorsqu'une de ces bizarreries auxquelles le cœur humain n'est que trop sujet poussa le Marquis à tenter une expérience dont il auroit dû sentir l'inutilité; il voulut éprouver sa femme et connoître jusqu'où pourroit aller sa constance.

Ne l'avoit-il pas déja suffisamment éprouvée? N'avoit-il pas eu mille témoignages de sa bonté? Quelle nécessité de lui tendre des pièges? Quelques-uns peut-être admireront à ce sujet la subtilité de son esprit; quant à moi je désapprouve tous ces essais: pourquoi jeter une pauvre femme dans la crainte et dans les angoisses?

Or voici la manière dont s'y prit ce seigneur. Un soir que sa femme reposoit déja, il arrive auprès d'elle portant sur son visage l'expression de la sévérité et de la colère, et lui dit: « Ce jour où je vous tirai de la bassesse et de l'indigence pour vous élever à un rang si distingué, ce jour, je l'espère, vous ne l'aurez pas oublié?

« Un pareil oubli, Grisélidis, seroit une noire ingratitude de la part d'une femme qui ne m'apporta pour dot que son obscure naissance et sa pauvreté. Pesez bien chacune de mes paroles ; vous n'avez ici à rougir devant personne qui puisse nous entendre.

« Vous savez de quelle manière vous êtes entrée dans ce palais ; cet événement est encore tout récent. Quoique vous me soyez agréable et chère, mes vassaux ne vous voient pas du même œil ; ils disent que c'est une honte et un malheur pour eux d'être les sujets d'une femme d'une semblable extraction.

« Depuis la naissance de votre fille surtout, leurs discours ne sont plus équivoques. Cependant je désire vivre en paix avec eux, comme je l'ai toujours fait; l'insouciance de ma part seroit un crime, et c'est l'opinion de mes vassaux qui doit diriger ma conduite à l'égard de votre fille.

« Dieu sait quelle peine j'éprouve, pourtant je n'ai point voulu prendre de résolution avant de vous avertir; mais j'exige qu'en cette circonstance vous me soyez soumise. Voici le moment de prouver cette obéissance que vous me jurâtes si solennellement le jour de notre mariage. »

Grisélidis ne dit pas une parole, ne laissa paroître aucun signe qui pût trahir le moindre mécontentement; et, comme si elle n'eût point éprouvé d'émotion, elle répondit : « Seigneur ! votre puissance n'est-elle pas absolue ? Mon enfant et moi ne sommes-nous pas votre bien ? Ne pouvez-vous pas en disposer ?

« Dieu m'est témoin que rien de ce qui vous plaît ne sauroit me déplaire ; je n'ai d'autre désir que de vous conserver, d'autre crainte que de vous perdre, telle est la volonté de mon cœur ; le temps ni la mort même ne changeront rien à mes sentimens. »

Cette réponse enchanta le Marquis, mais il déguisa sa joie, et sortit de la chambre avec un visage chagrin. Il va rejoindre, à quelque distance du château, un homme qu'il avoit aposté ; il lui donne ses ordres et l'envoye auprès de Grisélidis.

Cet homme étoit une espèce d'écuyer attaché à la personne du Marquis ; il avoit montré souvent sa fidélité dans des affaires importantes, et étoit disposé à obéir aveuglément. Dès qu'il eut connu la volonté d'un maître qu'il aimoit et redoutoit également, il s'achemine vers l'appartement de la Marquise, et s'introduisant doucement :

« Madame, dit-il, pardonnez si j'exécute l'ordre que j'ai reçu ; sage comme vous l'êtes, vous n'ignorez pas que les commandemens d'un

souverain ne veulent pas être exé-
cutés à demi. Les gémissemens et
les plaintes sont tout au plus permis;
mais l'obéissance doit être absolue.
Je n'ai pas besoin de vous en dire
davantage.

« On m'a commandé de me saisir de votre enfant. » Il se tait,
porte une main impitoyable sur
l'innocente créature ; et lui lance
des regards furieux , comme s'il
étoit prêt à l'immoler. Soumise
comme un agneau, Grisélidis en-
dure tout avec patience, et ne ré-
siste point au féroce exécuteur.

Cependant que ne devoit-elle pas
soupçonner à l'aspect de cet homme
dont la cruauté étoit connue ; l'heure

à laquelle il se présentoit, ses discours, son air menaçant, tout devoit faire trembler Grisélidis. Hélas!
elle crut qu'on alloit égorger sa fille
chérie; mais, fidèle à son serment,
elle contint ses larmes et ses soupirs.

Enfin, cette prière échappe de
son cœur maternel : « Je vous en
conjure, au nom de la loyauté dont
un noble doit faire profession ;
souffrez qu'avant de la perdre,
j'embrasse mon enfant. » Elle presse
sa fille sur son sein, la bénit, la
berce doucement dans ses bras, et
la couvre de baisers.

Puis, d'une voix attendrie: «adieu,
chère enfant, je ne te reverrai plus;

mais, puisque je t'ai marquée du signe de la croix, tu trouveras un père dans le Dieu qui s'est sacrifié pour nous; je lui recommande ton ame; car cette nuit tu mourras, et c'est ta mère qui en est la cause.»

Que n'eût pas souffert dans cette conjoncture une nourrice mercènaire? Qu'on se figure ce qu'une mère devoit souffrir? Celle-ci cependant montre un courage égal à la grandeur de son infortune. Avec résignation, s'adressant à l'écuyer: «Reprenez la fille de votre maître.

« Allez maintenant exécuter les ordres que vous avec reçus; je ne vous demande qu'une seule grâce:

à moins que Monseigneur ne l'ait défendu, ensevélissez le corps de ma fille, et que ses tendres restes ne deviennent pas la pâture des oiseaux de proie. » Sans répondre un mot, l'écuyer saisit l'enfant et part.

Il va rejoindre son maître, lui rapporte de point en point comment Grisélidis s'est conduite, comment elle a parlé, et lui remet sa fille. Le Marquis laisse paroître quelque compassion ; mais, tel que tous les souverains qui ont une volonté ferme, il persiste dans ses projets.

« Prends, dit-il, à son écuyer, prends cette enfant, enveloppe-la soigneusement de ses langes, et porte-la dans une corbeille couverte. Mais, sous peine de mort, que personne ne puisse deviner d'où tu viens et où tu vas.

« Rends-toi à Bologne, chez ma sœur la Comtesse de Panago, raconte-lui tout ce qui s'est passé, et prie-la, de ma part, d'élever cette jeune fille avec le plus grand soin, en lui faisant toutefois un mystère de sa naissance. »

L'écuyer part, et remplit sa commission. Cependant que fait le Marquis ? Il cherche de toutes les manières à découvrir si sa femme ne laissera pas échapper quelque signe de mécontentement. Mais il la retrouve toujours la même, toujours aussi douce, aussi soumise.

Egalement adonnée à ses devoirs, et tendre envers son époux, elle ne prononce jamais devant lui le nom de sa fille; on ne se seroit pas douté qu'il lui fût arrivé un si grand malheur.

QUATRIÉME PARTIE.

QUATRE ans s'étoient écoulés dans cette situation, quand on apprit que Grisélidis étoit enceinte, et le ciel voulut qu'elle mît au jour un prince charmant. Quand cette nouvelle eut été portée à son père, non-seulement lui, mais toute la contrée s'abandonnèrent aux transports de la joie, et rendirent au ciel de vives actions de grâces.

Cet enfant étoit à peine âgé de deux ans, et venoit de quitter sa nourrice, quand le désir d'éprouver pour la seconde fois son épouse

s'empara du Marquis. Quel caprice
déraisonnable et barbare! Mais un
tyran domestique, qui rencontre
trop de patience dans sa compagne,
n'est-il pas trop souvent tenté d'en
abuser.

« Ma femme, dit le Marquis,
vous savez de quel œil mon peuple
voit notre alliance, surtout depuis
la naissance de mon fils; les discours
deviennent plus hauts que jamais.
Ces reproches affligent mon cœur,
et leur amertume me plonge dans
un chagrin mortel.

« Quoi! se disent-ils? quand
Gauthier sera mort, ce sera donc
un fils de Janicola qui régnera
sur nous; nous n'aurons pas un

autre maître! Il n'est que trop sûr
qu'ils tiennent ce langage; et, quoique leurs murmures n'éclatent point
en ma présence, il n'en est pas moins
de mon devoir d'y donner une
sérieuse attention.

« Je dois vivre en paix avec mes
vassaux, autant qu'il m'est possible;
c'est pourquoi je suis résolu à disposer secrètement de mon fils, ainsi
que je l'ai déja fait de sa sœur. Je
vous en avertis, afin de vous préparer de nouveau à la résignation,
et pour qu'un événement trop sou-
dain n'amène de votre part aucun
éclat fâcheux. »

« Seigneur, répondit-elle, je l'ai
déja déclaré, et je le répète, je n'au-

rai jamais d'autre règle que votre volonté. Si mes enfans périssent par vos ordres, je n'ai pas le droit de m'en plaindre ; ces enfans ne m'appartiennent que par les douleurs que me cause leur naissance, et par les regrets que me fait éprouver leur perte.

« Nous sommes votre bien, Seigneur, disposez-en comme il vous conviendra, et sans me consulter. En abandonnant ma demeure pour vous suivre, j'y ai laissé tous mes vêtemens ; n'y ai-je pas également laissé ma volonté tout entière ? Comme je fus vêtue par vos mains, je suis gouvernée par votre volonté.

« Certes, si le ciel m'eût donné la faculté de prévoir vos désirs, vous me verriez toujours aller au devant de leur accomplissement. Maintenant que je les connois, je m'y soumettrai avec tout le dévouement dont je suis capable. Si je croyois que ma mort vous fût agréable, vous me verriez mourir avec joie.

« Plutôt cesser de vivre que de cesser d'être aimé de vous. » Frappé de la résignation de sa femme, le Marquis baisse les yeux ; il s'étonne que la patience puisse aller si loin. Il sort ; et, quoique l'affliction se peignît dans ses regards, la joie étoit au fond de son cœur.

L'impitoyable écuyer, qui avoit déja enlevé la fille de Grisélidis, vint aussi lui arracher son fils, sans se laisser attendrir par sa grâce et sa beauté naissantes. La patience de la mère ne se démentit point; dévorant ses chagrins, elle embrasse son enfant et le couvre de ses bénédictions.

Elle se permet seulement cette modeste prière : « Si vous le pouvez sans désobéir, confiez à la terre les tendres restes de cette innocente victime; qu'elle y dorme en paix et à l'abri des outrages. » Le silencieux écuyer se retire sans donner un signe de compassion. Mais, plus tendre à l'égard de l'enfant, il le transporte soigneusement à Bologne.

Cette inépuisable patience étonne de plus en plus le Marquis. S'il n'eût pas été parfaitement convaincu de la tendresse de Grisélidis pour ses enfans, il auroit imaginé que sous cette contenance inaltérable elle cachoit quelque arrière pensée et quelque malicieux dessein.

Mais il lui étoit bien prouvé qu'après lui ses enfans occupoïent tout le cœur de son épouse. Or, Mesdames, je vous le demande, ces expériences n'étoient-elles pas bien suffisantes ? Qu'est-ce qu'un despote de mari pouvoit imaginer

de plus pour s'assurer de la soumission et du dévouement absolu
de sa femme?

Hélas! il y a des caractères qui
ne peuvent se départir des projets
qu'ils ont une fois conçus. On di-
roit que la fatalité les enchaîne et
les empêche de revenir à la raison.
Une expérience n'étoit pas plutôt
terminée que notre Marquis brû-
loit d'en recommencer une nouvelle.

Toujours en observation, il épioit
les moindres paroles, les moindres
gestes de Grisélidis; mais ce fut en
vain, il ne put découvrir, sur son
visage ni dans toute sa conduite, la
moindre altération. Les années sem-

bloient la rendre et plus prévenante
et plus affectueuse.

Cependant un bruit fâcheux se
répandit de tous côtés. On disoit
que Gauthier, après avoir choisi
pour épouse une pauvre villageoise,
avoit fait périr en secret les enfans
qu'il avoit eus de ce mariage. Est-
il étonnant qu'on ajoutât foi à cette
nouvelle, puisque lui-même il
ne s'empressoit pas de la dé-
mentir?

Cette accusation, comme on le
peut croire, nuisit beaucoup à Gauthier dans l'esprit de ses sujets; il
leur devint aussi odieux qu'il en
avoit été chéri. L'obstiné Marquis
s'inquiétoit peu du renom de meur-

trier; et, tout entier à l'idée qui le dominoit, il ne s'occupoit que de tendre de nouveaux pièges à sa femme.

Dès que sa fille eut atteint sa douzième année, il envoya à Rome un de ses affidés qui en rapporta une bulle contrefaite, en vertu de laquelle le Marquis de Saluces étoit autorisé à répudier sa femme, et à en épouser une autre, afin de terminer les dissentions qui paroissoient exister entre lui et ses vassaux.

Ceux-ci, sans y donner une grande attention, crurent que tout s'étoit passé selon les lois. Quand ces nouvelles arrivèrent à Grisélidis, sans doute son cœur fut brisé; mais, toujours ferme et courageuse, cette humble créature étoit préparée contre tous les traits de la fortune.

Elle-même favorise les plans de celui à qui elle a voué sa foi et toute son existence, et la tyrannie de l'un se lasseroit plutôt que la docilité de l'autre. Le Marquis a envoyé un secret message au Comte de Panago.

« Mon frère, lui écrivoit-il, ramenez-moi mes deux enfans, avec toute la publicité et toute la pompe convenables. Mais, je vous en conjure, cachez avec le plus grand soin leur nom et leur naissance à tous ceux qui prétendroient s'en informer.

« Répondez seulement que la jeune fille va épouser le Marquis de Saluces. » Le Comte remplit les intentions de son frère. Au lever du soleil il part de Bologne. Des seigneurs nombreux escortent la jeune princesse ornée d'une parure nuptiale; son frère, âgé alors de sept ans, voyage à ses côtés, monté sur un coursier couvert des plus somptueux harnois.

CINQUIÈME PARTIE.

Cependant, toujours fidèle à son odieuse pratique, le Marquis veut faire subir de nouvelles épreuves à sa femme, pour vérifier si sa résignation et son courage ne l'ont point abandonnée. D'un ton impérieux, il lui adresse ces paroles en présence de toute sa cour :

« J'avoue Grisélidis, qu'après avoir choisi une femme sans naissance et sans fortune, j'ai toujours eu lieu de m'applaudir de sa sagesse et de sa docilité; mais je n'ai que trop appris que mon rang,

si j'en veux rester digne , me
soumet à des obligations bien pénibles.

« Ce qui est permis au moindre
de mes sujets ne me l'est pas à
moi-même; mon peuple mécontent
me presse de prendre une autre
femme, le Pape m'en a donné
la permission, dans l'espoir d'apaiser
les murmures ; et , s'il faut vous
le dire franchement , ma nouvelle épouse est sur le point d'arriver.

« Prenez donc courage , et dis-
posez-vous à la retraite. Retournez
dans la maison de votre père , et
reportez-y la dot que vous eûtes
en mariage. Supportez avec patience

ce coup du sort ; vous n'ignorez pas qu'ici-bas le bonheur est de courte durée. »

Elle répond d'un air soumis : « Seigneur, je sais trop qu'il n'existe aucune comparaison entre l'éclat de votre rang et l'obscurité de ma condition. Bien loin de me croire digne d'obtenir votre main, je ne me croyois pas même digne de vous servir.

« Aussi Dieu m'est témoin que dans votre palais, dont vous m'avez rendu la maîtresse, j'ai eu le bonheur de ne jamais oublier que je devois me conduire comme une humble sujette ; et, tant que je vivrai, vous serez toujours, après

Dieu, l'autorité que je respecterai davantage.

« Je me souviendrai toujours avec reconnoissance que, malgré mon peu de mérite, vous m'élevâtes au comble des honneurs; que le ciel vous en récompense; je vais retourner auprès de mon père; je vais consacrer à sa vieillesse le reste de mes jours.

« Au même lieu où s'écoula ma paisible enfance, je verrai aussi s'écouler les jours de mon chaste veuvage. Car, dès le moment où je vous donnai ma foi, je vous consacrai ma vie entière, et la femme d'un tel prince pourroit-elle jamais accepter la main d'un autre époux?

« Fasse le ciel que celle que
vous avez choisie répande sur tous
vos instans les plaisirs et la prospérité; je la verrai avec soumission
succéder au bonheur que je goû-
tois près de vous. Vous seul êtes
le maître de mon cœur; et, quand
vous m'ordonnez de me séparer
de vous, il ne me reste plus qu'à
me soumettre.

« Vous me permettez de reprendre
ma dot; je m'en souviens, je ne
possédois que quelques misérables
vêtemens, que j'aurois même de
la peine à retrouver aujourd'hui.
Le jour que vous me les fîtes
changer contre des habits de
noce, ah! que votre air étoit

doux, que vos paroles étoient affectueuses!

« Mais j'éprouve maintenant ce que tant d'autres ont éprouvé avant moi ; il n'est point d'amour respecté par le temps. Pourtant, Seigneur, au milieu de ses afflictions, mon cœur gardera toujours de vous un tendre souvenir.

« Ce fut dans la maison de mon père que votre générosité me para des plus brillans atours ; je n'apportois en échange que mon innocence et ma fidélité ; c'est ici que je vous restituerai vos riches présens et l'anneau nuptial.

« Quand vous serez rentré dans tous vos dons, je regagnerai la

maison de mon père, aussi pauvre
que j'en suis sortie; je me soumets
à la rigueur de vos arrêts; mais
exigerez-vous que je quitte votre
palais, dépouillée de tout vêtement?

« Vous ne souffrirez pas que le
sein qui porta vos enfans soit in-
dignement exposé aux regards de
la multitude. Ne me forcez pas à
rougir devant elle; souvenez-vous
que malgré mon peu de mérite
j'eus l'honneur de vous appartenir.

« Pour prix de cette jeunesse
dont je vous ai consacré les plus
beaux jours, de cette jeunesse qui
ne peut plus revenir, accordez à
celle qui fut votre épouse le plus

humble des vêtemens ; elle va exécuter vos ordres et quitter ce palais. »

« Eh ! bien, dit-il, emportez cet
unique vêtement. » Mais ce ne fut
pas sans peine qu'il prononça ces
mots ; il se hâte de sortir pour cacher la compassion dont il étoit
saisi. Grisélidis se dépouille de ses
riches habits, et, les pieds nus, la
tête découverte, elle s'achemine vers
la maison de son père.

Le peuple la suivit en arrosant
sa trace de pleurs, et en se la-
mentant sur un destin si cruel.
Grisélidis s'avançoit d'un air serein,
et sans proférer une seule parole.
Son père, qui apprend cette funeste

nouvelle, maudit le jour qui lui révèle une telle infortune, et le jour même qui lui donna la naissance.

Hélas! ce malheureux vieillard avoit pressenti la funeste issue de l'union de sa fille. Il avoit toujours pensé que lorsque le premier goût du Marquis se seroit affoibli, il réfléchiroit sur la disproportion de son alliance, et romproit ses liens le plutôt qu'il le pourroit.

Dès que les voix du peuple annoncèrent à Janicola l'arrivée de sa fille, il se hâta d'aller à sa rencontre; les larmes aux yeux, il lui porte la robe rustique dont elle étoit couverte avant son ma-

riage. Mais c'est en vain qu'il veut
l'en revêtir. Cette robe n'étoit plus
proportionnée à la taille élevée de
Grisélidis.

Pendant un certain temps, Grisélidis vécut avec son père; don-
nant chaque jour de nouveaux
exemples de patience, elle ne laissa
jamais entrevoir qu'elle se crût
offensée, ou qu'elle eût gardé
quelque souvenir de son ancienne
élévation.

Cette modestie a-t-elle rien de
surprenant, quand on sait qu'elle
ne l'avoit jamais abandonnée au sommet de la grandeur? Ses manières,
quoique nobles, avoient toujours été
affables; et l'éclat du pouvoir avoit

I.   7

fait ressortir davantage cette douce bienveillance qui étoit son principal apanage.

Que l'on vante Job, et son humilité; c'est toujours lui que l'on cite quand on cherche un modèle de la patience humaine. Mais on ne te rend pas assez de justice, ô sexe héroïque qui, dans la personne de Grisélidis, surpassas tous les exemples que les hommes peuvent alléguer en leur honneur!

SIXIÈME PARTIE.

DEPUIS que le Comte de Panago a
quitté Bologne, le bruit s'est ré-
pandu qu'il menoit avec lui la
nouvelle épouse de Gauthier, brillante de jeunesse, et parée des plus
riches atours. Jamais la Lombardie n'avoit été traversée par un si
pompeux cortège.

Instruit de la prochaine arrivée
de son frère, le Marquis envoye
chercher la malheureuse Grisélidis.
Ce message ne lui inspire pas le
moindre orgueil, elle se hâte d'o-
béir, et bientôt s'agenouille respec-

tueusement devant le maître de sa destinée.

« Grisélidis, lui dit le Marquis, mon intention est de recevoir avec tout l'éclat possible la nouvelle épouse qui doit arriver demain dans mon palais. Que chaque personne de sa suite soit placée et servie selon son rang, et trouve ici tous les agrémens qu'il est de mon devoir de lui procurer.

« Aucune femme ne s'entend aussi bien que toi à régler les détails de mon palais selon mon goût. Je compte donc me reposer sur toi de tout ce soin. Quoique la grossièreté de tes vêtemens semble s'accorder peu avec de telles fonctions, j'exige pourtant que tu les remplisses, et je veux que tu le fasses avec zèle. »

Grisélidis répond : « Seigneur, non-seulement je suis toujours prête à vous obéir, mais ce seroit un grand bonheur pour moi que mes services vous fussent agréables. Ce monde-ci ne sauroit m'offrir ni plaisir ni peine qui pût affoiblir le sentiment invariable que je vous ai voué comme au premier objet de mes affections. »

A peine a-t-elle parlé, que d'une main empressée elle dispose et les tables où doivent s'asseoir les convives, et les lits somptueux où ils doivent reposer. Son exemple anime

toutes les suivantes. En un clin-
d'œil l'ordre et la propreté règnent
dans tous les appartemens du château.

Vers le milieu du jour arrive
le Comte de Panago, amenant les
deux nobles enfans qui lui avoient
été confiés. Tout le peuple accourt
pour jouir de ce beau spectacle.
Dans leur admiration, ils s'écrient:
« Gauthier a fait sagement de quitter sa première épouse ; celle-ci
justifie pleinement son choix.

« N'est-elle pas et plus belle et plus
jeune que Grisélidis ? Une si noble
alliance ne promet-elle pas de plus
illustres rejetons ?» Le jeune frère
attira également tous les regards

sur sa gracieuse figure, et tous s'accordoient à exalter la haute sagesse de leur prince.

O peuple toujours inconstant et toujours frivole! les vents sont moins infidèles que toi; les phases de la lune sont moins rapides. La moindre nouveauté t'enchante; elle devient ton idole. Bien fou est celui qui se repose sur tes jugemens toujours prêts à changer!

Telles étoient les réflexions des hommes les plus sensés de Saluces, pendant que la foule en agitation se réjouissoit de l'arrivée d'une nouvelle princesse. Mais portons plutôt nos regards sur l'admirable conduite de Grisélidis.

Elle étoit tout entière occupée des préparatifs de la fête, sans rougir de la grossièreté de ses pauvres vêtemens ; elle est allée avec ses compagnes humblement saluer la Marquise arrivée nouvellement ; et bientôt elle s'est hâtée de retourner à ses laborieuses fonctions.

Elle reçoit les convives avec tant de grâce, distribue à chacun les honneurs avec une telle mesure, qu'on ne peut lui reprocher aucune faute, aucune méprise. Au contraire, on est surpris de trouver sous des habits si misérables et cette politesse et cette dignité.

Elle saisit avec adresse toutes les occasions de faire l'éloge de la jeune

princesse et de son frère. Les
louanges qu'elle leur donne sont
si franches, si naturelles, qu'on voit
clairement qu'elles partent du cœur.
Quand tout le monde va prendre
place au banquet, la voix du
Marquis se fait entendre ; il appelle
Grisélidis.

« Grisélidis, lui dit-il, comme
s'il eût voulu plaisanter, que pensez-
vous de ma femme, la trouvez-vous
belle ? » — « Assurément, Seigneur,
on trouveroit difficilement une
beauté plus parfaite. Puisse le ciel
répandre sur tous vos jours une
invariable prospérité !

« J'ose cependant vous adresser
une prière et même un avis. Ne

faites pas subir à cette jeune princesse les mêmes épreuves qu'à moi.
L'éducation délicate qu'elle a reçue
ne l'a pas préparée à supporter
l'adversité, comme celle qui est née
sous le chaume. »

Cette résignation qui ne s'étoit jamais démentie, cette constante bonté
contre laquelle avoient échoué
toutes les tentations, surmontèrent
l'étrange obstination du Marquis.
Enfin son cœur s'ouvrit à la compassion.

« C'est assez, ma Grisélidis, s'é-
crie-t-il, remettez-vous de votre
frayeur et de tous vos chagrins; les
faveurs de la fortune ainsi que
ses revers ont éprouvé votre dou-

cœur et votre fidélité plus que celle d'aucune femme; je ne puis plus douter de vos rares vertus. Chère épouse! » A ces mots, il la prend dans ses bras, et lui prodigue ses caresses.

Grisélidis est saisie d'une telle émotion, qu'elle ne voit et n'entend plus rien. Elle ne sait si elle veille ou si un songe flatteur n'a pas trompé ses sens. « Grisélidis, reprend le Marquis, j'en atteste le ciel, tu fus et tu seras toujours mon unique épouse.

« Celle que tu croyois destinée à ma couche est ta propre fille; ce jeune garçon est destiné à être mon héritier, car il est le fruit de notre union, je le fis élever se-

crètement à Bologne ; reprends-les
tous deux, et réjouis-toi du bonheur
de les avoir conservés.

« Que ceux qui m'ont prêté des
intentions malicieuses ou cruelles
sachent que jamais je n'eus l'horrible
pensée de sacrifier des enfans ché-
ris. Je ne les ai fait élever loin
de leur mère, que pour acquérir
une preuve indubitable de sa soumission et de sa fidélité. »

A peine Gauthier a cessé de
parler, que Grisélidis succombe à
l'excès de sa joie. Au sortir de son
évanouissement , elle presse ses
deux enfans contre son sein, elle
les couvre de baisers et les inonde
de larmes.

Qui n'eût été attendri de lui entendre prononcer ces paroles de la voix la plus touchante : « que le ciel vous récompense, Seigneur, d'avoir sauvé la vie de mes enfans; maintenant que j'ai retrouvé ma place dans votre cœur, il ne me reste plus de souhaits à former, et je mourrois heureuse, si la mort me surprenoit en ce moment.

« O mes tendres, ô mes chers enfans! votre malheureuse mère craignoit depuis longtemps que vous n'eussiez été la proie des animaux dévorans; mais la bonté du ciel et la tendresse de votre père ont prolongé vos jours. » Elle dit, et elle s'évanouit une seconde fois.

Quoique privée de l'usage de ses sens, elle tient encore ses enfans si étroitement pressés contre son cœur, que, pour secourir leur mère, ils ont de la peine à s'arracher de ses bras. Ce spectacle fait répandre des pleurs à tous ceux qui en sont témoins, plusieurs même ne peuvent supporter l'émotion qu'il leur cause.

Gauthier, pour la ranimer, lui prodigue les plus tendres caresses; enfin elle renaît à la vie, au milieu des démonstrations de la joie de tous ceux qui l'entourent. C'étoit un charme de voir Gauthier et son épouse jouir des délices d'une union renouée sous de si doux auspices.

Après quelques instans donnés à
cet épanchement mutuel, Grisélidis
fut conduite dans ses appartemens
par les Dames. Elle reparut bientôt
vêtue d'une étoffe d'or, et portant
une riche couronne. Toute la cour
lui présenta ses hommages.

Telle fut l'heureuse fin d'un jour
commencé dans la tristesse. Jusqu'au coucher du soleil, l'allégresse
anima tous les habitans de Saluces. Ils remarquoient avec plaisir
que cette fête étoit plus brillante,
plus somptueuse que celle même
où l'on avoit célébré les noces du
Marquis.

Pendant bien des années, Grisélidis et son époux jouirent des

douceurs de la paix et de toutes les prospérités du monde. Leur fille fut mariée à un des plus riches Seigneurs de l'Italie; Janicola fut appelé à la cour où il finit tranquillement sa carrière.

Après la mort du Marquis, son fils succéda à son autorité, au grand contentement du peuple; il ne fut pas moins heureux que son père dans le choix d'une épouse; mais il se garda de lui faire essuyer les mêmes épreuves. Le monde n'est plus ce qu'il étoit jadis : or, Mesdames, écoutez :

On ne vous a pas dépeint la vertu de Grisélidis pour vous obliger à l'imiter en tout point. On sait trop que vous n'y parviendriez

pas, quand même vous le voudriez;
mais nous devons tous dans l'adversité nous efforcer d'imiter cette
héroïne, et c'est dans cette vue
que Pétraque nous transmit son
histoire, et l'orna des charmes de
son style.

Envoi de Chaucer aux gens mariés de son temps.

Grisélidis est morte; elle et sa patience gissent au pied du mont Vésule. Epoux de notre siécle, écoutez bien l'avis que je vous donne: n'allez pas vous jouer à la patience de vos femmes, dans l'espoir de rencontrer des Grisélidis; je vous en réponds, vous y seriez trompés.

Et vous, dignes épouses, soyez toujours assez sages pour ne point laisser enchaîner vos langues. Ne permettez pas aux poètes de nos jours de raconter l'histoire d'une seconde Grisélidis: n'allez pas vous exposer à devenir la pâture de Chiche-vache.

Imitez la promptitude de l'écho toujours prêt à la répartie. Ne faites point consister votre vertu dans la docilité, et sachez vous saisir à propos des rènes de l'empire; le salut de votre sexe entier exige que vous reteniez bien ma leçon.

Femmes fortes, usez de la vigueur dont la nature vous fit présent, et ne souffrez pas que l'on porte atteinte à vos droits. Et vous, dont la structure plus délicate répugne à de pénibles combats, armez-vous du courage des tigres, et du babil des perroquets.

Ne vous laissez pas dominer par une vaine frayeur, ou par un servile respect. Les traits acérés de votre éloquence perceront l'époux le mieux cuirassé; au besoin, appelez la jalousie à votre secours; et vous verrez toujours à vos pieds l'esclave de votre volonté.

Etes-vous belle, vous ne pouvez trop étaler vos charmes et votre parure; avez-vous moins d'avantages, la ruse et la coquetterie multiplieront vos victoires. Soyez vive, gaie, folâtre comme le papillon; laissez à votre mari les soucis, les gémissemens et les pleurs.

Fin de l'histoire de Gauthier et Grisélidis.

LA NOUVELLE

GRISELIDIS.

LA NOUVELLE

GRISÉLIDIS,

Traduite de l'anglots, de Mademoiselle EDGEWORTH.

CHAPITRE PREMIER.

Heureux l'objet qui près de toi soupire,
Qui sur lui seul attire ces beaux yeux,
Ce doux accent et ce tendre sourire;
Il est égal aux Dieux.

CETTE ode, ma chère Grisélidis;
n'a-t-elle pas été mise en musique,

dit le nouveau marié à sa jeune
moitié.

— Certainement ; mon cher ,
est-ce que vous ne l'avez jamais
entendue ?

— Jamais, et j'en suis bien aise,
car c'est à vous que je l'entendrai
chanter pour la première fois. Auriez-vous la complaisance de l'exécuter à présent ?

— Très-volontiers répond Grisélidis, de l'air du monde le plus
aimable; et, tout en plaçant ses bras
d'albâtre sur la harpe auprès de
laquelle elle s'asseyoit, — « je crains
de ne pas m'en tirer comme il
faut. »

L'époux, après avoir écouté avec

une attention qui tenoit de l'extase :
« — c'est charmant ; voudriez-vous
me chanter cet air une seconde
fois?»

La complaisante épouse fit ce
qu'on lui demandoit.

Le mari. — Mille remercîmens,
ma chère. Mais cette fois il ne
se servit point du mot *charmant.*
Madame s'en aperçut, et boudant
le plus gracieusement possible :
« — Je ne chante jamais aussi
bien la seconde fois que la première. » Elle s'arrêta ; mais comme
il n'arrivoit aucun compliment ;
d'un ton un peu plus vif : « c'est
pour cela que je n'aime pas qu'on
me fasse répéter un morceau. »

— Je l'ignorois, autrement je
ne vous en aurois pas fait la demande; au reste, je ne vous suis
que plus obligé de votre aimable
complaisance.

— Oh! certainement, vous ne
m'avez pas la moindre obligation;
je n'ignore pas que j'ai chanté
horriblement , et je déteste la
flatterie.

— J'en suis convaincu , ma
chère, aussi je ne vous flatte jamais; je n'ai pas dit, vous le savez, que vous eussiez chanté aussi
bien la seconde fois que la première.

— Oh ! je ne vous accuse pas
de l'avoir dit, reprit Grisélidis,

dont les joues se colorèrent forte-
ment; puis tirant quelques sons
de sa harpe : « cet instrument est
bien peu d'accord. »

— Vraiment! je ne m'en étois
pas aperçu.

— Si cela est, je vous avoue
que j'en suis fâchée.

— Et pourquoi?

— Pourquoi, mon cher? Parce
que j'aimerois mieux qu'on s'en
prît à ma harpe qu'à moi-même.

— Mais me suis-je plaint le moins
du monde de votre harpe ou de
vous? Je ne me rappelle pas d'a-
voir prononcé un seul mot de
critique.

« — Non, mon cher; non, vous

n'avez pas dit un mot ; mais, dans certains cas, le silence de ceux que nous aimons est la censure la plus désagréable. »

Des larmes obscurcirent les beaux yeux de Grisélidis.

— Ma chère amie, comment vous laissez-vous affecter à ce point pour une pareille bagatelle ?

« — Rien n'est indifférent de ce qui nous arrive de la part de ceux que nous aimons. »

Le tendre époux essuya, par ses baisers, les larmes qui couloient sur les joues brillantes de Grisélidis.

— Grisélidis ! c'est avoir aussi trop de sensibilité.

« — Oui, j'en conviens, je suis

trop sensible, beaucoup trop pour
mon bonheur. J'attache une grande
importance aux moindres signes
qui m'annoncent quelque réfroi-
dissement dans les affections de
ceux qui me sont chers. »

Sa timide sensibilité fut longtemps
sans pouvoir se rassurer, malgré
les protestations de l'attachement le
plus sincère et le plus constant;
enfin elle se laissa toucher, et, souriant avec langueur : « Je me suis
peut-être méprise, dit-elle, peut-être
mes craintes étoient-elles mal fondées. Je demande au ciel qu'elles ne
se réalisent jamais. »

Quelques semaines après, le mari
de Grisélidis rencontra par hasard

un de ses amis, nommé M. Granby,
dont il aimoit particulièrement la
société. Il l'invita à dîner, et se
mit à parler avec lui des temps de
son enfance, avec toute la gaieté
et l'innocence de son cœur; tout-
à-coup sa femme se lève et quitte
l'appartement. Comme elle étoit
longtemps sans rentrer, et qu'il
avoit prié son ami de remettre
jusqu'à son retour une excellente
histoire qu'il avoit à raconter, il
alla dans l'appartement de Grisélidis,
et l'appela. Point de réponse. Il la
cherche vainement dans tous les
coins de la maison; enfin, il la
trouve fondant en larmes dans un
pavillon retiré du jardin.

« — Juste ciel ! ma chère Grisélidis, qu'avez-vous ? »

La chère épouse s'obstina dans
un silence fort mélancolique, pour
ne pas dire sinistre; enfin, la même
question ayant été réitérée, dans
tous les tons possibles à l'inquiétude
de l'amitié éplorée, elle fit cette réponse qu'interrompoient de fré-
quens sanglots :

« Je vois bien que vous ne m'aimez
point; vous ne m'avez jamais aimée :
j'ai toutes les raisons possibles de
croire que mes craintes n'étoient point
imaginaires, hélas! elles étoient trop
bien fondées. Mes pressentimens ne
m'ont jamais trompée; je suis la
femme de la terre la plus misérable. »

Elle regardoit l'étonnement bien sincère de son mari comme un surcroît d'infortune pour elle. Feindre d'ignorer en quoi il l'avoit offensée, n'étoit-ce pas un outrage de plus?

« S'il n'entroit pas dans ses sentimens, il étoit impossible, il étoit inutile qu'elle les lui expliquât. Toute sympathie entre eux avoit cessé. S'il ne voyoit pas ce qui s'étoit passé dans son esprit, il falloit qu'il n'eût conservé aucune tendresse pour elle. »

L'innocent époux n'en étoit que plus stupéfait; il la conjure de s'expliquer plus clairement; enfin, elle s'écrie :

« Homme insensible, cruel, barbare, n'avez-vous pas mis tous vos
soins aujourd'hui à me tourmenter mortellement ! Maintenant que
vous avez bien réussi, vous n'êtes
venu auprès de moi que pour
mieux jouir de votre triomphe. »

— Mon triomphe !

— Assurément ; je le lis dans vos
yeux ; il est inutile de le nier davantage. Je suis redevable de tout
cela à votre ami M. Granby : mais
quelle raison a-t-il de m'en vouloir, à moi qui de ma vie n'ai fait
de peine à personne, bien moins
encore à lui ; comment ai-je pu le
rendre mon ennemi ?

— Quelle étrange idée ! Et com-

ment avez-vous pu vous imaginer
que M. Granby fût mal disposé
contre vous ?

— Oui ; je sais qu'il me hait.
On ne me prouvera jamais le
contraire. Il m'a blessée sur le point
le plus sensible, et de la manière
la plus basse. Le perfide ! n'a-t-il
pas employé le plus coupable ar-
tifice pour vous persuader , moi
présente, que vous étiez mille fois
plus heureux lorsque vous étiez
garçon que vous ne l'avez été depuis, et que vous ne l'êtes maintenant même ?

— O ma chère Grisélidis ! vous
l'avez mal compris ; cette idée ne
lui vint jamais dans l'esprit.

— Je vous demande bien par-
don ; vous ne le connoissez pas
comme je le connois.

— Mais nous sommes amis dès
l'enfance.

— C'est justement pour cela que
vous le jugez mal. Comment un
enfant pourroit-il apprécier le caractère de quelqu'un ?

— Mais maintenant je suis un
homme.

— Cela est vrai ; mais les souvenirs de l'enfance vous préviennent
en sa faveur. Et malheureusement
ces souvenirs sont plus forts que
toute autre espèce d'affection. Il
n'en existe pas dans votre esprit de
semblables qui plaident pour moi ;

et ma fidélité, mon attachement, toutes mes qualités, si j'en avois quelqu'une, ne pourront jamais contre-balancer ces premières impressions dans le cœur de l'homme que j'adore.

« — Ma tendre amie; soyez plus raisonnable, et ne cherchez pas à vous tourmenter vous-même par ces rapprochemens imaginaires. Allons, c'est une vraie folie; essuyez ces larmes déplacées, je vous en conjure. Elles me font autant de peine que si leur motif avoit quelque réalité. »

Les pleurs, à ces mots, n'en coulèrent que plus abondamment.

« — Allons, chère Grisélidis; remettez-vous, et venez rejoindre la société. Voilà longtemps que vous l'avez quittée; on nous remarquera et on jettera sur nous du ridicule.

— Si c'est un ridicule d'aimer; toute ma vie je serai ridicule. Je suis fâchée que vous me jugiez de la sorte; je savois bien que cela en viendroit à ce point. Mais je le supporterai, si je le puis; ayez seulement la bonté de m'excuser si je ne retourne pas auprès de la compagnie ce soir; je ne le saurois, cela m'est impossible : dites que je suis indisposée, je vous réponds, mon cher, que vous ne mentirez pas; dites à votre ami que j'ai un violent mal de tête; que je vais me mettre au lit ; (puis, retirant sa main de celle de son mari, elle ajouta d'un ton de voix plus lan-guissant) : « Mais ce ne sera pas pour reposer. » Enfin, malgré toutes les prières, toutes les instances qu'on put lui faire, elle gagna son appartement, de l'air d'une infortunée qui se résigne à souffrir.

Quiconque a eu le bonheur d'être aimé par une femme du caractère de Grisélidis, doit savoir combien les charmes de la sensibilité ajoutent à la beauté du visage. Alors même qu'un époux est le plus tourmenté par ses caprices, il trouve en eux quelque chose de si aimable, de si flatteur pour sa vanité, qu'il n'ose se plaindre de ce douloureux plaisir. Au contraire, il se complaît dans un tourment qui l'enchante, et nourrit dans son sein un ennemi qu'il n'a pas la force de haïr.

Grisélidis vit les effets de la sensibilité, et elle en apprécia tout le pouvoir. Elle avoit cependant trop de prudence pour pousser à bout la tendresse de son mari ; elle savoit que l'empire des larmes, quelque solide qu'il fût, s'affoiblissoit avec le temps, s'il n'étoit secondé par la magie du sourire ; et que les charmes les plus séduisans avoient besoin quelquefois du secours des contrastes. Elle avoit lu dans les poètes, grands connoisseurs en ces sortes de

matières, que les agitations prolon-
gent l'existence de l'amour. Persuadée que la tristesse dans laquelle, une
semaine entière, elle s'étoit obstinée,
deviendroit à la fin extravagante;
elle se montra toute rayonnante de
joie; elle n'eut pas lieu d'être mé-
contente de l'effet qu'elle produi-
sit. Son mari, qui la voyoit encore
avec les yeux d'un amant, avoit
réellement souffert de la durée de
son affliction. Il étoit devenu lui-
même triste, silencieux; on le surprenoit souvent dans l'attitude d'un
homme profondément abattu. Il
étoit même encore dans cette situation lorsqu'elle s'en approcha,
et en souriant, lui montra toutes

ses grâces. Tout-à-coup il respire,
il revit, il se meut, il parle enfin. Jamais les rayons du soleil
n'exercèrent une plus forte in-
fluence sur la statue de Memnon.

Femme sincère! dites nous, ou
si vous ne voulez pas nous le dire,
imaginez ce que vous eussiez alors
éprouvé à la place de Grisélidis.
Est-il flatteur pour la vanité de
pouvoir exercer une semblable sé-
duction? Comment se priver d'un
plaisir aussi vif; et comment croire
surtout qu'il puisse finir jamais?

CHAPITRE II.

Comme une tache, de l'hermine
Rend l'albâtre plus éclatant,
La folle beauté s'imagine,
Par ses défauts, briller aux yeux de son amant.

Quand Grisélidis eut permis à son époux de savourer suffisamment la tranquillité de sa nouvelle existence, craignant qu'il ne perdît tout-à-fait le goût des tribulations domestiques, elle changea de ton avec lui. Un jour qu'il rentra chez soi quelques minutes plus tard que de coutume, elle le reçut d'un air qui eût fait reculer Mars lui-même, si jamais Vénus se fût montrée à Mars avec des sourcils chargés d'une telle sévérité.

« Il y a une heure, mon cher, que le dîner vous attend. »

« — J'en suis vraiment fâché; mais que ne vous mettiez-vous à table? Excusez-moi de vous avoir fait attendre; » puis regardant à sa montre; « ma montre n'indique cependant que six heures et demie. »

« — Il en est sept à la mienne. »

Ils se présentent leurs montres mutuellement; elle dans l'attitude du reproche; lui dans celle de l'excuse.

— Je crois, ma chère, que votre montre avance.

— Et moi je crois que la vôtre retarde.

— Ma montre ne varie pas d'une minute dans les vingt-quatre heures.

— Et la mienne ne varie pas d'une seconde.

L'époux avec douceur : J'ai quelque raison de croire que je ne me trompe pas.

La femme tout étonnée : Quelle raison, mon ami, pouvez-vous avoir, quand je vous déclare que je suis moralement sûre que vous avez tort ?

— Elle est bien simple ; c'est qu'aujourd'hui même j'ai réglé ma montre sur le soleil.

— Alors le soleil a tort. Ne riez

pas tant; je sais bien ce que je dis.
Vous devez savoir que le temps
vrai n'est pas la même chose que
le temps moyen. Vous entendez
parfaitement ce que je veux dire,
quoique peut-être je m'explique
mal; et au fond vous sentez que
la justice est de mon côté.

— Puisque c'est là votre opinion,
cela suffit; ne disputons pas davantage sur une bagatelle. Va-t-on
nous servir à dîner?

— Certainement; si l'on sait que
vous êtes rentré; mais je doute
que l'on en soit informé. — Se
tournant vers son amie Madame
Nettleby, et tenant toujours sa
montre à la main : «Quelle heure

avez-vous, ma chère amie ? Personne
ne craint plus que moi de dispu-
ter sur des misères ; mais encore
aime-t-on à prouver qu'on n'a pas
tort, quand on vous conteste l'évi-
dence. »

La montre de Madame Nettleby
étoit arrêtée. Quel malheur ! Dépourvue de tous les moyens de
démontrer la justice de sa cause,
notre héroïne se consola, non en
réprimandant son mari sur le cas
particulier dont il étoit à peu près
forcé de convenir, mais en in-
tentant contre lui l'accusation gé-
nérale d'arriver toujours trop tard
pour dîner, accusation qu'il repoussa
vigoureusement.

Dans cette manière présomptueuse
de généraliser un reproche, il y
a quelque chose d'injuste qui of-
fense infailliblement tout esprit
équitable et délicat; et un homme,
surtout s'il a faim, supporte difficilement le reproche général de
n'être pas ponctuel à l'heure du
dîner. Nous prenons donc, Mesdames, la liberté de vous avertir
qu'il faut le moins possible exposer la patience de vos maris à
cette épreuve; et qu'il faut du
moins, par de grandes précautions,
en tempérer la rigueur; autrement il en naîtra du désordre. Pour
la première fois, Grisélidis vit son
époux fâché; mais elle le calma

en lui disant d'un ton fort ra-
douci :

« Mon ami, vous savez bien que
je n'ai qu'une seule raison de désirer que vous rentriez de bonne
heure à la maison. Si votre société
m'étoit moins agréable, je me plain-
drois moins de votre manque d'exac-
titude. »

Voyant que ce raisonnement
avoit eu du succès, elle le répéta
avec quelques modifications, toutes
les fois que son mari fut entraîné
hors de chez lui par quelque amu-
sement ou par la société de ses
amis. Laissoit-il échapper quelque
signe d'impatience à l'occasion de
cette gêne, les démonstrations de-

venoient plus pressantes, pour ne
pas dire plus importunes :

« — Vraiment, mon cher, c'est
mal à vous de tenir si peu de
compte de mes sentimens.

« Je vois maintenant que je ne
suis plus rien pour vous. Il n'y
a point de société que vous ne
préfériez à la mienne ; il n'en a
pas toujours été de même ; étoit-ce
là ce que je devois attendre ? Oh
ciel ! quelle destinée ! »

Les soupirs de Grisélidis eurent
encore le pouvoir de persuader. Et
son époux, malgré l'ennui que
lui procuroient les empiètémens
qu'on faisoit chaque jour sur son
loisir et sur sa liberté, n'eut pas la

cruauté de causer quelque peine
à une femme dont il étoit tendre-
ment chéri. Il ne vit point que
dans cette occurrence, comme dans
beaucoup d'autres, la pitié est une
barbarie véritable. En favorisant les
prétentions exclusives de son épouse,
il les rendit insatiables ; il fut
obligé de bannir de son cœur
toute autre personne, tout autre
objet que cette tyrannique amie,
qui finit par être elle - même fort
peu jalouse de l'exercice d'un droit
qui ne lui étoit jamais contesté,
comme il arrive d'ordinaire à
quiconque ne craint d'être trou-
blé, dans son monopole, par
aucune concurrence. Moins elle

cherchoit à plaire, plus elle pré-
tendoit à être adorée. Un mot de
blâme, la plus légère insinuation sur
sa conduite, ses manières ou sa toilette, devenoient le signal d'une
vive contestation, ou d'intarissables
pleurs.

Un soir elle se lamenta pendant
une heure, et se disputa pendant
un temps double, parce que son
mari avoit eu le malheur de lui
dire qu'une certaine manière de
se coiffer lui alloit mieux. — *Lui*
alloit mieux! Auparavant elle avoit
donc mauvaise grâce; elle se rap-
pela le temps où l'on trouvoit que
tout lui alloit bien; mais ce temps
étoit complètement passé; elle dé-

—iroit seulement pouvoir oublier qu'il eût jamais existé.

« C'est un malheur de plus que d'avoir été heureux. »

Ce genre d'infortune peut paroître risible à certaines personnes ; mais le triste époux de notre héroïne n'en jugea pas de la sorte. En vain, pour excuser sa faute, il allégua le peu de connoissance qu'il avoit des secrets de la toilette, confessa qu'il étoit doué d'un goût très-peu sûr, et qu'il se soumettoit de bon coeur à tous les arrêts de la mode.

Cette soumission fut appelée indifférence, ce calme fut pris pour du dédain. Il resta démontré qu'il avoit trouvé que la parure de sa femme étoit sans grâce; qu'il en pensoit d'ailleurs bien plus encore qu'il n'en avoit dit, et qu'il ne pouvoit plus supporter cette Grisélidis dont il étoit adoré.

Vainement il représenta que son affection ne devoit pas son origine à de pareilles bagatelles, et qu'elles n'avoient pas le pouvoir de la faire cesser, puisqu'elle étoit fondée sur une base bien plus solide, sur l'estime.

« L'estime, s'écria Grisélidis. Ce trait-là efface tous les autres. Quand un homme se met à parler d'estime, c'est fait de son amour. »

Pour prouver sa thèse, l'éloquente beauté se mit à discuter, autant

I. II*

que le trouble de son esprit le lui permettoit, sur la métaphysique de la galanterie, et à prouver que l'amour, le véritable amour est une essence éthérée, une divine union des ames qui ne repose sur aucun de ces principes vulgaires, de ces qualités grossières qui engendrent et l'amitié et les autres rapports de la société. Le véritable amour, affranchi des lois de la raison, produit une simpathie parfaite dans les goûts, une identité absolue dans les opinions sur tous les sujets possibles, physiques, moraux, politiques, économiques, etc. Cette théorie établie une fois, dans la pratique, elle lui resta fidèle, et elle

exigea que son époux se confor-
mât sur tous les points à sa manière
de voir et de sentir; que son intelligence et toutes ses facultés s'i-
dentifiassent avec celles de Grisélí-
dis. S'il voyoit, entendoit, jugeoit
autrement qu'elle, il ne l'aimoit
pas; c'étoit évident. Un jour elle
se choqua de ce qu'il préféroit le
blanc au noir, une autre fois de
ce qu'il sembloit prendre du goût
aux champignons. Un hiver, elle
lui chercha querelle sur ce qu'il
n'admiroit pas le poli luisant d'une
robe de satin; un été, elle fut jalouse du plaisir que lui procuroit
le chant du rossignol. Comme il
ne préféroit pas l'odeur du jasmin

à toutes les autres, elle fut un jour
sur le point de mourir dans les
convulsions que lui avoit occa-
sionné le parfum d'une rose. Le
domaine du goût, pris dans l'im-
mense étendue de ce terme, devint
un glorieux champ de bataille, et
fournit chaque jour des sujets de
combats renaissans. Notre héroïne
étoit douée de tous les talens, et
elle en savoit tirer un grand parti
pour ses manœuvres. Outre son ta-
lent pour les beaux-arts, comme
elle étoit profondément versée dans
le langage de la critique, quels
avantages n'avoit-elle pas dans les
guerres de mots? Depuis le beau
idéal jusqu'au choix d'une pelle

ou d'une pincette, tout étoit de
son ressort; tout devoit être soumis
sans appel à l'infaillible décision de
son instinct moral. Heureux effets
de l'instruction! Heureux ceux qui
par l'étude ont su étendre leur intelligence, et qui peuvent de mille
manières varier le délicieux plaisir
de tourmenter autrui. Le champ
de l'opinion plus vaste encore que
celui du goût, offroit un théâtre
plus commode pour les jouissances
de la discussion et de la déclama-
tion; c'est là qu'on mettoit en ba-
lance les autorités des érudits et
des ignorans; qu'on recueilloit les
jugemens des amis, que l'on comp-
toit les voix au lieu des raisons,

qu'on se railloit de l'absurdité de
ceux qui osoient avoir un avis à
eux; qu'on en appeloit au jugement du monde entier, et qu'on
restoit parfaitement satisfait du sien.
Les sujets les plus légers, comme
les plus graves, exerçoient tour-à-
tour la sagacité et l'imagination de
Grisélidis; et, dans toute circonstance, la seule manière de lui prouver son amour étoit de se conformer
en tout à ses décisions.

Telle qu'un habile tacticien, elle
savoit tirer avantage du temps et
de la situation. Quelques jours avant
la naissance de son premier enfant,
elle eut avec son époux une discussion sur l'éducation publique

et particulière, où par sa véhémence
elle lui prouva qu'il s'étoit complètement trompé. A peine ce point
étoit-il gagné, qu'à table l'on disputa sur la manière dont les Chi-
nois faisoient le thé. Les uns pré-
tendoient qu'ils le faisoient dans
une théyère, d'autres qu'ils le faisoient par tasse. Grisélidis décida
pour la théyère, son maître et
seigneur penchoit pour l'opinion
contraire; et, comme ni l'un ni
l'autre n'avoient été en Chine, on
pouvoit discourir sans crainte d'arriver à un résultat. Ce sujet, au
premier coup-d'œil, sembloit insi-
gnifiant; mais la Dame eut l'art
d'y mettre tant d'intérêt et de cha-

leur, que les deux partis furent
bientôt irrités au dernier degré.
La victoire fut longtemps douteuse ;
mais l'honneur de la journée resta
à Grisélidis qui avoit pris le temps
pour auxiliaire. Son antagoniste,
pressé d'aller à la noce d'un de
ses amis, abandonna le champ de
bataille.

———

CHAPITRE III.

Sa vanité n'estime qu'elle;
Aimant surtout à commander,
Sans aucun sujet de querelle
Fort souvent on l'entend gronder.

Il y a, dit le docteur Johnson,
mille discussions de ménage que
la raison ne sauroit terminer; des
questions qui échappent à l'exa-
men, et qui se jouent de la logique; des cas où l'on peut bien
absolument faire quelque chose,
et où l'on ne peut rien dire; malheureux et mille fois malheureux
les époux qui voudroient, chaque

matin, régler par la raison tous les détails domestiques d'une seule journée.

Notre héroïne tira un double profit de ce passage ; car elle raisonna constamment sur les objets où la logique n'avoit pas de prise, et elle n'écouta jamais la raison alors que la raison étoit très-bonne à consulter. Elle substituoit fréquemment sa volonté au raisonnement, et elle l'opposoit souvent à celle de son mari, pour lui procurer le mérite de se rendre et de céder. Vouloit-il se livrer à la lecture ? elle vouloit aller à la promenade, et l'amour de l'étude la prenoit dès qu'il avoit envie de se promener.

Etoit-il occupé? elle parloit; dé-
siroit-il converser? c'étoit pour elle
le signal du silence. Elle aimoit la
société qu'il ne trouvoit point
agréable; et, parmi les amusemens
publics, elle recherchoit davantage
ceux qu'il approuvoit le moins.
Au reste, cette indépendance dans
ses goûts montroit à quel point elle
cherchoit à lui inspirer une bonne
opinion d'elle. « Elle eût été fâ-
« chée qu'il ne la regardât que
« comme une enfant qui ne savoit
« pas se gouverner elle-même. Elle
« ne se seroit pas cru aimée par
« un homme qui ne lui eût pas
« laissé une liberté entière et pour
« penser et pour agir. »

Ses prétentions croissoient tantôt, et tantôt diminuoient; mais, sans marquer les journalières fluctuations de son humeur, il suffit de faire observer, qu'elle faisoit incessamment un usage moins modéré de l'indulgence de son époux. Bientôt elle voulut être consultée, c'est-à-dire, obéie sur des affaires qui ne concernent pas directement son sexe, telles que la politique. Pourtant l'humilité la plus profonde voiloit cet amour excessif du pouvoir.

« O mon cher! je vois que vous faites peu de cas de mes conseils; vous pensez que ces choses-là sont au dessus de l'intelligence des fem-

mes. Après tout, je ne suis pour
vous qu'une espèce de jouet. Vous
ne sauriez, un instant, me considérer comme votre amie ou comme
votre égale. Je le vois. Vous parlez
de ces choses à M. Granby. Je ne
suis pas digne de les entendre.
N'importe ; je sens que je n'ai
qu'une seule ambition qui est de
posséder la confiance de celui que
j'aime. »

Elle oublioit, dans ce moment,
une opinion qu'elle avoit précé-
demment énoncée, à l'occasion de
l'estime que son époux avoit pro-
fessée pour elle, et qu'elle avoit
regardée comme une insulte ; elle
oublioit que d'après sa définition

I.   12 *

du véritable amour, l'estime étoit incompatible avec lui.

Tacite observe que certains princes avoient des volontés contradictoires; ils ressembloient en cela au beau sexe et à quelques enfans gâtés. Ayant exécuté, sans contradiction, tout ce qui étoit faisable, ils étoient obligés de se tourner vers l'impossible pour avoir quelque chose à désirer ou à faire. Il faut alors s'attaquer à la lune, ou chercher de nouveaux mondes à conquérir. Notre héroïne ayant atteint le sommet du bonheur et de la gloire humaine, et ressentant un ennui semblable à celui qu'éprouva Alexandre, elle se mit à bâiller, un matin qu'elle étoit en tête à tête avec son mari, et lui dit :

« Je ne comprends rien à vos manières, aujourd'hui ; pourquoi gardez-vous les gazettes pour vous seul ? »

« — Ma chère, les voilà, je viens d'en achever la lecture. »

— Je vous remercie bien de me les donner quand vous n'en avez plus besoin. Je n'aime pas les nouvelles surannées. Y a-t-il quelque chose de curieux dans le journal, je ne veux pas me donner la peine de le chercher.

— Oui, l'on y annonce le mariage de deux de nos amis.

— Et qui donc ?

— La veuve Nettleby épouse son cousin John Nettleby.

—Madame Nettleby ; mais pourquoi me dites-vous cela ?

— Parce que vous me l'avez demandé.

— Mais, il est bien plus amusant de lire le paragraphe soi-même, on perd le plaisir de la surprise quand on est averti ; et quel est l'autre mariage ?

— Oh ! cette fois-ci je ne vous le dirai pas, je vous laisserai le plaisir de la surprise.

— Mais vous voyez bien que je ne puis pas le trouver. Oh ! que vous êtes contrariant ! Dites-le moi donc.

— C'est notre ami M. Granby.

— M. Granby ! Et que ne me laissiez-vous deviner ! Je suis sûre que je ne m'y serois pas trompée. Mais pourquoi l'appelez-vous notre ami ? je suis persuadée, quant à moi, qu'il ne m'aime pas. Il ne m'a jamais aimée. Je l'ai pris en aversion la première fois que je l'ai vu ; vous devez vous en souvenir, et certainement il me le rend bien.

— J'en suis très-fâché ; cependant j'espère que vous irez faire une visite à Madame Granby.

— Assurément non ; et qui est-elle ?

— C'est Mademoiselle Cooke.

—Mais il y a tant de Demoiselles qui portent ce nom. Est-ce que vous ne pourriez pas la désigner mieux? N'a-t-elle pas un nom de baptême?

—Oui; je crois qu'elle s'appelle Emma.

— Oh! ce ne peut pas être Emma Cooke; car elle me semble toute faite pour mourir demoiselle.

— Et à moi elle me semble faite pour être une excellente femme.

— Cela est possible ; toujours est-il vrai que je n'irai point la voir. Mais comment se fait-il que vous la connoissiez tant ?

— Je ne l'ai que très-peu vue,

peut-être deux ou trois fois avant
son mariage.

—Et alors comment pouvez-vous
juger qu'elle soit destinée à être
une si bonne femme? Ce n'est pas
en voyant une femme deux ou trois
fois avant son mariage, qu'on peut
apprécier ses qualités.

—Cette observation est parfaitement juste.

— Mille remercimens pour ce
compliment que je comprends très-
bien ; cependant je vous dirai que
l'ironie est une chose que je ne supporte pas volontiers.

— Je vous assure que j'ai parlé
très-sérieusement.

—Oui, je vous crois maintenant.

Il se peut que j'aie l'intelligence un peu lente ; mais du moins j'ai le sentiment très-prompt. Je vous entends très-bien. Vous ne pouvez disconvenir qu'il est impossible de juger une femme avant le mariage, et de deviner ce qu'elle sera après. Mais vous parlez d'après votre propre expérience ; et, comme vous avez été trompé dans votre choix, je présume que vous vous en repentez.

— Ai-je dit un seul mot qui ressemble à cela ? Sur ma parole, je n'en ai pas eu l'idée, je ne pensois pas à vous dans ce moment.

— Je suis fort disposée à vous croire, je sais que vous n'êtes pas sujet à vous occuper beaucoup de moi.

— J'ai voulu dire seulement que je ne pensois point mal de vous.

— J'avoue que j'aimerois mieux vous voir penser mal de moi, que de savoir que vous n'y pensez pas du tout.

Eh bien, dit l'époux en riant, j'irai même jusqu'à mal penser de vous, si cela peut vous faire plaisir.

Grisélidis fondant en larmes : — Est-ce que vous riez de moi? Si ç'en est venu à ce point, je suis bien malheureuse. Tant que vous avez eu pour moi un reste de ten-dresse, vous ne m'avez pas tournée en dérision. L'amour ne s'accorde pas avec le ridicule; ils sont incompatibles. J'ai fait mon possible, oui, tout mon possible pour vous rendre heureux; mais c'est en vain; je vois que je ne suis pas destinée à être une bonne femme. Je ne suis pas si heureuse que Madame Granby.

— Je désire sincèrement qu'elle soit heureuse avec mon ami, et je l'espère; mais mon bonheur à moi dépend de vous. Ainsi, par égard pour moi, plus encore que pour vous-même, calmez-vous, et ne vous laissez plus tourmenter par des rêveries.

— Je serois bien étonnée, dit Gri-

sélidis, en se levant de son siége,
que Madame Granby fût réellement Mademoiselle Emma Cooke.
Je veux aller lui faire visite, il
faut absolument que je la voye.

— Je suis charmé de vous
trouver dans cette disposition; car
je suis persuadé qu'une visite de
votre part à Madame Granby sera
très-agréable à son mari.

— Oh! si je fais cette visite,
mon cher, je ne prétends plaire
ni à M. Granby ni même à vous;
je n'ai d'autre intention que de
contenter ma propre *curiosité*.

La grossièreté de cette réponse
eût été insupportable pour le mari,
sans une certaine emphase avec

laquelle Grisélidis prononça le mot de curiosité, et qui jeta quelque doute sur la réalité de son motif.

La jalousie est regardée souvent comme une preuve d'amour; et sous ce point de vue, tous ses caprices, ses absurdités, ses extravagances ne doivent-ils pas être accueillis comme si rien n'étoit plus flatteur ni plus aimable.

Quelques jours après que Grisélidis eut satisfait sa curiosité en présence de son mari, elle se mit à donner un libre cours à son humeur.

Madame Nettleby, veuve nouvellement remariée, étoit venue lui rendre visite; ma chère Madame

Nettleby, lui dit-elle brusquement,
pourriez-vous, ou tout autre pourroit-il m'expliquer quelle fantaisie
a porté M. Granby à épouser
Emma Cooke?

— Je ne saurois vous répondre,
car je ne l'ai pas vue encore.

— Vous le pourrez bien moins
quand vous l'aurez vue, et surtout
quand vous aurez eu le bonheur
de l'entendre.

— Comment! elle n'auroit ni
esprit ni beauté! Cela m'étonne; est-
il possible que M. Granby, qui est
un si bon connoisseur, qui se pi-
que de bien apprécier notre sexe, ait
pu se contenter d'une femme qui n'ait
pas des qualités très-remarquables?

— Je vous dis que rien n'est plus vulgaire que cette femme.

— Vous me surprendriez, si je n'étois décidée à ne plus m'étonner de rien en fait de mariages. Il se passe en ce genre des choses si étranges. Mais cependant l'épouse de M. Granby....

— Ce n'est rien, c'est au dessous de rien, c'est moins que zéro.

— Je suis fâchée que vous me parliez de la sorte ; cela me dérange dans mes projets, car je m'étois toujours proposé de prendre pour modèle la femme de M. Granby.

— Il vaudroit mieux, je pense, qu'elle se modelât un peu sur moi, répondit Grisélidis en riant. Au

reste, je puis vous dire qu'au goût
de certaines personnes, c'est une
femme accomplie, faite pour servir
d'exemple aux autres; c'est une
parfaite Grisélidis. Nous aurions
dû changer ensemble de noms ou
de caractères. Duquel des deux?
dites, mon ami?

— Je ne pense pas que ce soit
de noms, répondit-il.

Ici, la conversation auroit pu
se terminer tranquillement; mais
Grisélidis étoit en présence de
Madame Nettleby, il falloit bien
qu'elle lui donnât une idée de
l'ascendant dont elle jouissoit sur
son époux.

« — Mon cher ami, à propos

de femmes parfaites, vous avez sûrement lu les contes de Chaucer. Dites-moi un peu ce que vous pensez de la véritable, de l'ancienne Grisélidis ?

— Il y a si longtemps que j'ai lu cette histoire, que je ne puis vous donner de réponse précise.

— Alors, lisez-la de nouveau, et dites m'en votre avis sans détour.

Et s'il vouloit la lire en présence de Madame Granby et de moi, reprit malicieusement Madame Nettleby, l'une y trouveroit un compliment flatteur, et l'autre une piquante leçon.

Oui, oui, s'écria Grisélidis ; il faut que nous ayons ici une soirée

de lecture , j'y inviterai Madame
Granby; et vous y viendrez aussi
pour votre instruction. Vous, mon
ami, qui lisez si bien, et qui serez
charmé de rendre hommage à votre
favorite Emma, vous ferez la lecture, et moi je verserai des pleurs.
Quel jour sera-ce? voyons : lundi,
mardi et tous les jours de la semaine
j'ai des engagemens jusqu'à dimanche inclusivement. Mais dimanche, ce n'est que pour une partie de cartes chez moi, ainsi ce sera
pour dimanche.

— Dimanche, dit le mari, je suis
malheureusement engagé.

— Votre engagement ne peut
pas être important, et quand je

renonce à une partie de cartes pour avoir le plaisir de vous entendre, vous pouvez bien faire quelque chose de votre côté pour nous obliger.

— Dans cette supposition, ma chère, il n'est rien qui me soit difficile.

Grisélidis jeta sur Madame Nettleby un regard qui pouvoit se traduire ainsi : « vous voyez quel empire j'ai sur lui. »

CHAPITRE IV.

Trop sensible pour être vaine,
Toute sa gloire c'est d'aimer ;
Et l'autorité souveraine
Se borne pour elle à charmer.

Le dimanche soir, sur les invitations de Grisélidis, arriva chez elle nombreuse compagnie. Chacun s'assit dans le plus grand ordre ; le lecteur, avec son livre déja ouvert, attendoit Emma, la nouvelle mariée, à qui l'on avoit réservé une place distinguée, où tous les spectateurs et particulièrement Madame Nettleby et la maîtresse de la maison pussent l'envisager tout à leur aise.

« Mon Dieu! il se fait tard ; je crains vraiment que Madame Granby ne vienne pas. »

Les Dames eurent le temps de discuter sur son compte, de s'informer de ce qu'elle étoit. Comme elle avoit beaucoup vécu à la campagne, peu de personnes la connoissoient; mais notre héroïne fit circuler tout bas sa propre opinion, et chacun étoit préparé à rire *du modèle des femmes, de la seconde Grisélidis,* quand Madame Granby fut annoncée.

Dès qu'elle entra, le murmure

fut appaisé, et tous les chuchotte-
mens cessèrent. Une gravité affectée
s'empara du maintien des spectateurs, et leurs yeux se tournèrent
malicieusement sur l'objet de leur
curiosité. La timidité d'Emma, lorsqu'elle se présenta, fut tellement
libre de toute gaucherie et de toute
affectation, qu'elle intéressa tous
les hommes qui en furent témoins.
Environnée d'étrangers, mais ne
soupçonnant pas qu'on les eût dis-
posés à la considérer comme un
objet de satire et de ridicule, elle
s'avança vers la maîtresse de la
maison, et s'adressa à elle comme
à une véritable amie.

N'est-ce pas là une autre femme

I.   14

que celle que nous attendions, se
disoit-on l'un à l'autre en la voyant
passer. Ses manières d'ailleurs ap-
peloient plutôt l'indulgence qu'elles
ne provoquoient la critique. Elle
étoit bien fâchée, dit-elle, d'avoir
fait attendre la société; elle avoit
été retenue par une indisposition
subite de la mère de M. Granby.

Tandis qu'elle donnoit cette excuse, quelqu'un fit remarquer qu'elle
avoit beaucoup de douceur dans
la voix; on lui trouva aussi beaucoup de cette grâce modeste qui
plaît tant dans une femme. Un
homme, qui la vit effrayée de
l'idée d'occuper la place qu'une
perfide et malicieuse politesse lui

avoit réservée, se leva de son siége, le lui offrit, et elle l'accepta avec reconnoissance.

.— Oh! ma chère Madame Granby, je ne peux pas permettre que vous soyez si mal placée, lui dit la maîtresse de la maison. Vous devez avoir les honneurs de la journée, ajouta-t-elle, en prenant Emma par la main pour la conduire à *la place d'honneur.*

— Excusez-moi, répondit Madame Granby, je suis peu faite pour les honneurs, et je me trouve parfaitement bien ici.

— Mais, vous êtes placée si près de la fenêtre, dit Madame Nettleby.

— Oh! je vous assure que je ne

sens pas le moindre souffle de vent. Mais peut-être je gêne ces Dames.

—Pas du tout, pas du tout, s'écrièrent les Dames qui étoient assises à ses côtés. Toutes étoient séduites par ses grâces irrésistibles.

Enfin Grisélidis, obligée de renoncer à son projet, quitta la main de Madame Granby, et, retournant à sa place, elle dit d'un ton fort rude à son mari :

« Si nous devons avoir une lecture ce soir, je crois qu'il est bien temps de commencer. »

La lecture commença ; Emma en étoit tellement occupée, qu'elle ne remarqua point que tous les

regards de l'assemblée fussent fixés
sur elle. Quand on joue un rôle,
on peut être ridicule en s'en ac-
quittant mal; mais la critique n'a
aucun droit de se diriger sur ceux
qui sont absolument exempts de
prétentions. Emma avoit souffert
quelque embarras, en se présentant
dans une société qui lui étoit nouvelle, et qu'elle avoit fait attendre;
mais ce léger trouble une fois
calmé, ses manières avoient repris
leur aisance accoutumée; aisance
qui étonna ses juges, et qui pro-
venoit de son extrême modestie;
elle ne se croyoit pas assez importante pour que l'attention se
tournât vers elle. Cette audacieuse

tranquillité déplut à sa persécu-
trice qui résolut de la troubler
bientôt. Le lecteur en vint à ce
moment où Gauthier fait prononcer un serment à sa femme.

Jurez que, nuit et jour, à mes ordres soumise,
Avec empressement, avec zèle et franchise,
Sans murmurer jamais, seule ou devant témoins
A m'obéir toujours, vous mettrez tous vos soins.
Jurez à mes discours de conformer les vôtres;
Prévenez mes désirs, et n'en ayez point d'autres.
Mais unissez la grâce à la docilité.
N'allez point à demi remplir ma volonté,
Cédant avec effort, cacher un cœur rebelle,
Et feignant la sagesse, être au fond criminelle.
Que tous vos sentimens se peignent sur vos traits;
Que votre devoir seul ait pour vous des attraits;
Enfin, Grisélidis, que vos moindres pensées
N'aient que moi pour objet, sur moi seul soient fixées.

Eh bien, Mesdames, dit la moderne Grisélidis, que pensez-vous de ceci?

Presque toutes les femmes mariées qui étoient présentes, exprimèrent par des exclamations plus ou moins prononcées les sentimens dont elles étoient émues.

C'est abominable, insupportable, horrible. J'aurois plutôt laissé expirer cet homme à mes pieds. Je serois plutôt morte mille fois. J'aurois mieux aimé me passer de mari toute ma vie que de me soumettre à de pareilles conditions.

Quelques jeunes Demoiselles qui n'avoient rien dit, ou dont les voix avoient été couvertes par des sons mieux articulés, furent priées par leurs voisins de donner leurs avis. On ne put obtenir d'elles une opinion bien prononcée. Elles se jetèrent dans les distinctions, les adoucissemens, les moyens termes ; « elles ne pouvoient s'expliquer clairement sur un sujet auquel jamais elles n'avoient pensé. »

En tout, cependant, il étoit clair qu'elles ne ressentoient point cette violente horreur qu'avoient manifestée des Dames douées de plus d'expérience. Toutes convenoient que ces promesses étoient dures et rédigées dans un style qui ne l'étoit pas moins ; quelques-unes disoient que l'amour seul pouvoit décider à s'y soumettre. D'autres plus sentimentales ajoutèrent, mais d'une voix qu'on entendoit à peine, que comme rien n'étoit impossible à une affection bien vive, elles pourroient se soumettre à de pareilles conditions; mais que pour cela il falloit un degré de passion qu'elles n'avoient jamais éprouvé, et dont franchement elles ne se croyoient pas susceptibles.

Quant à moi, dit la Grisélidis moderne, je serois restée fille jusqu'à l'âge de Mathusalem, plutôt que de prendre un époux à ce prix. Mais, pour certaines femmes, un époux n'est jamais acheté trop cher.

— Madame Granby, nous ne

connoissons pas encore votre sentiment; et cependant, en qualité de
nouvelle mariée, nous vous prions
la première de nous le faire connoître.

— Je vous assure que j'ai déja
oublié ce titre.

— Est-il possible, dit Madame
Nettleby ; c'est un excès de
modestie dont je n'avois pas
d'idée.

Grisélidis à M. Granby qui en-
troit dans ce moment : Monsieur,
je vous fais mon compliment ;
Madame votre épouse a déja oublié
le temps où elle n'étoit que votre
future. On ne pousse pas plus loin
l'humilité.

M. Granby. — dites plutôt, vanité recherchée ; elle sait

« Qu'une épouse est plus chère encore qu'une amante. »

Grisélidis lançant un regard sévère à son mari qui se taisoit : « Elle sera bien heureuse si dans un an elle s'en aperçoit encore. Cependant, que Madame Granby veuille bien nous faire connoître elle-même sa manière de penser. Que dit-elle de la promesse d'obéir à tous les ordres de son maître et seigneur ; de ne jamais lui répliquer ; de lui assujettir ses actions, ses paroles, ses regards et ses pensées. Si Madame Granby nous répond que c'est là sa théorie, nous réformerons notre pratique. »

Tous les yeux étoient tournés sur Emma, et l'on attendoit impatiemment sa réponse.

« Je n'aurois jamais imaginé, dit-elle, que quelqu'un fût tenté de régler sa conduite sur ma théorie, car je n'ai de théorie d'aucune espèce. »

« — Trève de modestie, Madame, si vous n'avez pas proprement de théorie, vous avez au moins une opinion à vous; et c'est cette opinion que nous désirons connoître : daignez donc répondre à cette simple question : auriez-vous fait les promesses dont nous venons d'entendre la lecture ? »

« Je vous réponds bien positive-

ment que non ; car jamais je n'aurois pu aimer ni estimer l'homme
capable d'en exiger de pareilles. »

Déconcertée par une réponse
qu'elle n'attendoit pas ; étonnée
de la tranquillité modeste qu'Emma avoit mise dans sa réponse ;
irritée des applaudissemens que
ses paroles et le son de sa voix
avoient excités, la maligne ques-
tionneuse, d'un ton très-impératif,
dit à son mari de continuer sa
lecture.

Il obéit. Emma, entièrement ab-
sorbée par l'attention, témoignoit
par toute son attitude combien cette
histoire l'intéressoit. Elle s'efforçoit
de réprimer les marques de sa sen-

sibilité, et son antagoniste cherchoit à la rendre ridicule. Mais elle échoua dans ce projet, car plusieurs de ses complices, qui cherchoient également à s'amuser aux dépens d'Emma, finirent par sympathiser avec elle, et partagèrent son émotion.

Quand l'histoire fut terminée, la moderne Grisélidis, qui étoit bien décidée à opposer les charmes de l'esprit à ceux du sentiment, fit une violente diatribe contre la bassesse de celle dont elle portoit le nom, et contre la tyrannie de l'odieux Gauthier.

« — Madame Granby! Lui auriez-vous pardonné, à ce monstre? »

Il se repentit, dit Emma, et ne cesse-t-on pas d'être un monstre du moment que l'on se repent ?

— Oh ! repentant ou non, je ne lui eusse jamais pardonné ; de pareils crimes sont inexcusables.

Emma. — Jamais je ne l'eusse mis dans la possibilité de s'en rendre coupable.

Madame Bolingbroke. — J'avoue que cette histoire ne m'a jamais touchée.

Emma. « Elle a peut-être produit sur vous le même effet que sur un ami de Pétrarque qui la lut sans en être ému, parce qu'il ne pouvoit pas croire qu'une femme

telle que cette Grisélidis eût jamais existé. »

« — Non, ce n'est point là ma
raison, car je sais très-bien qu'il
existe de ces créatures, sans caractère, sans énergie et sans dignité. »

Enfin Emma s'aperçut de la jalousie et de la malice dont elle étoit
l'objet; mais sa douce indulgence
pardonna sans peine un tort qui
l'avoit réellement peu offensée.

— Certes, je ne puis admirer
ni Grisélidis, ni aucune de celles
qui l'imitent, s'écria notre opiniâtre
discoureuse.

M. Granby. On ne risque pas
de rencontrer, de nos jours, beau-

coup de femmes qui marchent
sur ses traces. Si Chaucer eût
vécu dans ces temps de lumières,
il eût dessiné ce caractère tout
autrement.

Les yeux de la moderne Grisélidis devinrent flamboyans. Emma
confirma l'observation de son époux,
en disant :

« Nous pardonnerons à ce pauvre
Chaucer, si nous considérons le siécle où il vivoit. La situation et l'intelligence des femmes ont été bien
améliorées depuis cette époque.
Alors les femmes étoient dans la
servitude ; actuellement elles jouis-
sent de la liberté. » — Mais, mon
ami, dit-elle tout bas à son mari,

votre mère n'est pas bien; n'irons-
nous pas la rejoindre?

Emma quitta la société, et quand
elle fut sortie, Madame Nettleby
elle-même ne put s'empêcher de
dire : « vraiment, elle n'est pas mal
quand elle rougit. »

Grisélidis. « Il n'y a point de
femme que cela n'embellisse; mais,
malheureusement, une femme ne
peut pas *toujours* rougir. »

Voyant qu'elle avoit complètement échoué dans le projet de
rendre Emma ridicule, et qu'au
contraire elle avoit fait paroître,
sous un jour très-avantageux, son
esprit, ses manières et son caractère, elle en fut mortifiée au delà

de toute expression. On ne put désormais prononcer devant elle le nom d'Emma, sans qu'elle donnât aussitôt des signes de la plus vive impatience.

Fin du premier Volume.

www.ingramcontent.com/pod-product-compliance
Lightning Source LLC
Chambersburg PA
CBHW070902030726
47504CB00005B/1427